Claudia Lander

Historias del cole

Ilustraciones de Kerstin Völker

Traducción de Lucía Villaseñor Guerrero

EDAF

Título original: Kleine Schulgeschichten

© 2001. Del texto: Claudia Lander. De las ilustraciones: Kerstin Völker
© 2006. De la traducción: Lucía Villaseñor Guerrero
© 2006. De esta edición, Editorial EDAF, S. A., por acuerdo con Loewe Verlag

Ilustración de portada: Kerstin Völker
Maquetación: Angelika Stubner
Edición: Rebecca Schmalz

Editorial Edaf, S. A.
Jorge Juan, 30. 28001 Madrid
http://www.edaf.net
edaf@edaf.net

Edaf y Morales, S. A.
Oriente, 180, n.º 279. Colonia Moctezuma, 2da. Sec.
15530 México D. F.
http://www.edaf-y-morales.com.mx
edafmorales@edaf.net

Edad del Plata, S. A.
Chile, 2222
1227 Buenos Aires, Argentina
edaddelplata@edaf.net

Edaf Antillas, Inc.
Av. J. T. Piñero, 1594
Caparra Terrace
San Juan, Puerto Rico (000921-1413)
edafantillas@edaf.net

Edaf Chile, S. A.
Huérfanos, 1178 – Of. 506
Santiago – Chile
edafchile@edaf.net

Marzo 2006

I.S.B.N.: 84-414-1749-0;   978-84-414-1749-6
Depósito legal: M-9184-2006

Índice

El ratón de biblioteca

Enfadado, Alex mira la estantería
de préstamo de la clase.
¡Otra vez falta un libro!

Y en ningún sitio dice quién lo ha
tomado prestado.

Eso quiere decir que en su clase
alguien ha robado libros. Alex va a
descubrir al ladrón. ¡Y está decidido!

Cuando acaba la última clase,
todos salen corriendo.

Solo Alex se queda en clase borrando la pizarra. Y cuando ya no queda nadie, se esconde rápidamente detrás de esta.

Durante un rato no pasa nada.
Sin embargo, de repente se abre
lentamente la puerta.

¿Y quién entra? Oliver,
del segundo curso.

Se desliza hasta la estantería
y toma un libro.

Alex sale de su escondite y le pregunta enfadado: «¿Por qué estás robando nuestros libros?».

Oliver se echa a temblar.
El libro se le cae al suelo.

Oliver murmura: «¡No lo estoy robando! Ya me he leído todos los libros de mi clase».

«Por eso he tomado prestado en secreto alguno de los vuestros. Si no, ¿qué puedo leer?»

Alex se queda mirando a Oliver
sorprendido. Oliver saca un libro
de debajo de su suéter: «Me gustaría
devolver este».

«Este es el que estaba buscando»,
dice Alex. «¿Es divertido?»

Oliver asiente y se inclina. Levanta
el libro del suelo y lo pone de nuevo
en la estantería.

«¡Espera!», exclama Alex. «Te lo presto.
Nosotros, los ratones de biblioteca,
nos tenemos que ayudar.»

Salvada por la campana

¡Que empieza ya!
Marla mira con curiosidad
a través del telón.

Todos están allí, para oír el concierto:
los padres, los profesores y los demás
compañeros.

¿Tocarán bien? Marla ha ensayado
mucho con la flauta. Sin embargo,
no puede evitar estar nerviosa.

Da saltitos sobre una pierna y sobre
la otra. De repente, se le cae la flauta
al suelo.

17

Paul, que está cerca, recoge la flauta
del suelo. «Esta ya suena», le dice
sonriendo.

Marla no necesita que la animen,
y menos Paul, su profesor favorito.

«Claro», murmura Marla, y se dirige
con los demás al escenario. Paul
se pone a su lado. ¡Lo que faltaba!

El profesor les da la señal para
empezar. Y comienzan.

Pero la flauta de Marla suena muy
fuerte. ¿Qué es lo que está pasando?

La flauta suena muy mal.
Paul mira a Marla con curiosidad.
¿Estará tocando mal?

Marla observa sigilosamente su flauta.
¡Ahí está!

La flauta tiene una grieta. «Eso es lo
que le ha pasado cuando se me ha
caído», piensa Marla, soplando muy
despacito.

Pero tanto Katrin como Klaus la están mirando enfadados. ¿Y qué hace ahora?

Entonces Paul le susurra rápidamente: «Haz como si tocaras. Yo voy a tocar más alto. ¡Nadie lo va a notar!».

¡Esa es una idea genial!
Marla mira a Paul agradecida...

Paul le guiña el ojo con complicidad
y toca más alto la flauta.
Marla solo mueve los dedos.
¡Funciona, nadie lo ha notado!

Todos aplauden con entusiasmo. Marla
está radiante y saluda inclinándose.

«Gracias», le susurra a Paul.
Y él le contesta con un guiño.

De colorines como un loro

«Vamos, Cris, date prisa», la llama
Elena. «¡Tenemos gimnasia!»

¿Gimnasia? ¡Ay, no!, murmura Cris
con remordimiento: «No puedo.
¡Otra vez se me ha olvidado
mi mochila de gimnasia!».

«Pero te necesitamos», dice Elena.
«¡Hoy jugamos a balón prisionero
con los de segundo B!»

Se sienta en las escaleras junto a Cris
y piensa.

De repente, da un brinco:
«¡Ya lo tengo! ¡Entre todas te vamos
a prestar ropa!».

«Sí, hombre...», protesta Cris. Pero
Elena la agarra tras de sí y se la lleva
a los vestuarios del gimnasio.

«Escuchad todas», las llama Elena.
«A Cris se le ha olvidado su ropa de
gimnasia. ¿Quién le puede prestar
algo?»

Algunas compañeras se ríen, pero
Elena les regaña: «¡Sin Cris no
podremos vencerlos!».

Entonces se ponen todas a rebuscar
con entusiasmo en sus bolsas y
mochilas. «No va a dar resultado...»,
murmura Cris.

De pronto, Tina saca unos pantalones
elásticos estampados con flores
de colores. «¿Qué os parece?»,
les pregunta.

Elena asiente. «Seguro que sirve.»
Le da los pantalones a Cris.

«Yo tengo aquí dos camisetas»,
dice Clara, acercándole a Cris dos
camisetas a rayas.

Y un par de zapatillas viejas con
unos agujeritos salen también
de una de las mochilas.

Cris se prueba todo.

Los pantalones le están un poco
cortos; la camiseta un poco ancha,
y las zapatillas dejan ver sus
calcetines rojos.

«Así no voy a jugar de ninguna
manera», protesta Cris indignada.
«¡Parezco un payaso!»

Entonces Elena la agarra de la mano y
corre con ella hacia el gimnasio.

«Ven, no seas aguafiestas»,
le dice sonriendo. «Solo estás
de colorines como un loro.
¡Y eso es estupendo!»

Príncipe, el jugador

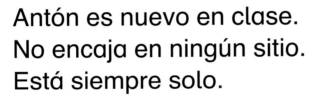

Antón es nuevo en clase.
No encaja en ningún sitio.
Está siempre solo.

En el campo nunca le dejan jugar
al fútbol, porque Esteban le ha dicho
que ya son suficientes jugadores.

34

Por eso Antón en el recreo
mira a los otros cómo juegan
un partido.

Detrás de él se mueve algo
en el arbusto. Asustado, Antón
se da la vuelta.

Es Príncipe, su perro. «¿Pero qué
haces tú aquí?», le pregunta
Antón sorprendido.

Príncipe mira el pan de Antón.
«¡Serás glotón!», se ríe Antón dándole
un trozo.

«Devolvednos el balón», oye como
grita Esteban. Los chicos mayores les
han arrebatado el balón.

Se están pasando el balón
de tal manera que los jugadores
no lo pueden alcanzar.

37

Corren y saltan tras el balón.
Los mayores se ríen.

De repente, Príncipe da un brinco
y salta al campo de juego.

Da un gran salto
y atrapa el balón.

«Príncipe, ven aquí», le ordena Antón.
Los mayores miran boquiabiertos
desde el otro lado al perro.

«Bien hecho», le dice Antón, cuando
Príncipe le deja el balón a sus pies.

Luego, corre con el balón hacia
Esteban y los otros jugadores.

«Enano, devuélvenos el balón»,
le increpan los mayores
acercándose a él.

«Déjanos en paz», le replica Antón,
lanzando el balón a los jugadores.

Riéndose, uno de los mayores
atrapa el balón. Príncipe gruñe
y se lanza a por él.

Asustado, deja caer el balón
y todos los mayores huyen.

«Ya has jugado bastante con el balón», le dice Antón a Príncipe, pasándole el balón a Esteban.

Esteban llama a Antón: «¡Vamos, Antón, a ver si juegas tan bien como gruñe tu perro!».

Claudia Lander nació en 1966. Estudió Historia y más tarde trabajó unos años como redactora en una editorial infantil y juvenil. En la actualidad escribe libros para niños e imparte clases en la universidad.

Kerstin Völker nació en 1968 en Bad Schwartau, y vive y trabaja en Hannover. Tras finalizar sus estudios de Diseño Gráfico, las prácticas y una colaboración en el mundo de la publicidad, encontró el punto fuerte de su

carrera, en el que hoy desempeña su trabajo, en las ilustraciones de libros, revistas y juegos para niños de todas las edades. Ocasionalmente trabaja como autora, inspirada desde 1999 por su hija Matilda.

Escalera de lectura Edaf

Progreso en la lectura
peldaño a peldaño

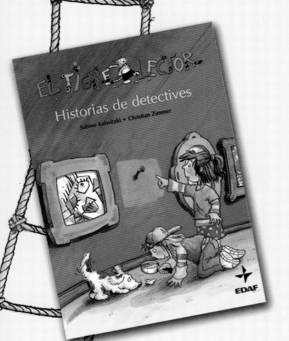

6 años